T0090575

Añoranza

Tercer volumen
de poesías

Frank Alvarado
Madrigal

*En Trafford Publishing creemos en la responsabilidad que todos, tanto individuos
como empresas, tenemos al tomar decisiones cabales cuando estas tienen impactos
sociales y ecológicos. Usted, en su posición de lector y autor, apoya estas iniciativas de
responsabilidad social y ecológica cada vez que compra un libro impreso por Trafford
Publishing o cada vez que publica mediante nuestros servicios de publicación. Para
conocer más acerca de cómo usted contribuye a estas iniciativas, por favor visite:
http://www.trafford.com/publicacionresponsable.html*

*Nuestra misión es ofrecer eficientemente el mejor y más exhaustivo servicio de
publicación de libros en el mundo, facilitando el éxito de cada autor. Para
conocer más acerca de cómo publicar su libro a su manera y hacerlo disponible
alrededor del mundo, visítenos en la dirección www.trafford.com*

Trafford revision date: 01/28/2010

www.trafford.com

Para Norteamérica y el mundo entero
llamadas sin cargo: 1 888 232 4444 (USA & Canadá)
teléfono: 250 383 6864 ♦ fax: 812 355 4082
correo electrónico: info@trafford.com

Para mi querido hijo
Remzy Alvarado

Sobre el autor

Frank Alvarado Madrigal es excatedrático de inglés en Estados Unidos. Sus poesías han sido publicadas en muchos países, siendo aceptadas con gran interés por amantes de la palabra poetizada, profesores y estudiantes en escuelas, colegios y universidades. Actualmente se encuentran en el mercado cuatro libros de poesía: **Simplemente tú y yo, Secretos, Añoranza** y su antología poética: *"Ensueño"*; todos ellos dotados de un gran romanticismo así como de un estudio crítico literario en la sección final de cada poemario. Una gran serie bilingüe, en español e inglés, sobre **cuentos infantiles** muestran el genio creativo de este versátil escritor. Cabe mencionar la originalidad que se manifiesta en su obra de teatro, **"Pitirre no quiere hablar inglés"/ Pitirre does not Want to Speak English,** drama controversial vivido por Pitirre, querido símbolo puertorriqueño, en que a través de un lenguaje regional, descripción de paisajes y destellos de letras de canciones netamente boricuas, el autor nos presenta una clara visión sobre el sentir nacionalista de un creciente sector del pueblo puertorriqueño.

Añoranza

Tercer volumen

de poesías

Glosario

Añoranza

Quisiera ser el día
o quizás su luz
para alumbrar el sendero
por donde caminas tú.

Quisiera ser la luna
o quizás una estrella
para poder alumbrar
tu imagen tan bella.

Quisiera ser la llama
que prende tu corazón
y en noches sin luna
alumbrar tu balcón.

Quisiera ser el poeta
que enamorado compone
dulces versos de amor
sobre las constelaciones.

Quisiera ser ese faro
que alumbra a lo lejos
para guiar tus deseos
a través de mis besos.

Quisiera ser la fresca brisa
a la orilla del mar
para cantarte sin prisa
una canción especial.

Quisiera ser del río
la más fresca corriente
y anunciar nuestro idilio
a toda la gente.

Quisiera ser el velero
que navega en tu corazón
y naufragar en tu pecho
al compás del reloj.

Quisiera ser del rocío
la fresca mañana
y refrescar tu amor y el mío
a través del fondo de mi alma.

Quisiera ser de las flores
la más fresca fragancia
y saciar con mis labios
todas tus ansias.

Quisiera ser la tonada
que mi arpa compone
y grabar tu mirada
en mis dulces canciones.

Quisiera ser el ave
que feliz va llevando
inolvidables notas de amor
hasta los corazones.

Quisiera ser el aire
que respiras en cada segundo
para recorrer todo tu cuerpo
hasta el fin de este mundo.

Quisiera ser del océano
la más fragante espuma
para bañar tus entrañas
bajo la luz de la luna.

Quisiera ser el verano
o quizás su luz
para fundirme en tu cuerpo
y cubrirlo de amor.

Quisiera ser ese árbol
del fruto prohibido
para cubrir con sus hojas
tu cuerpo y el mío.

Todas esas cosas y más
quisiera yo ser
y en cada instante de mi vida
podértelas yo ofrecer.

Soy un poema

Soy un poema
que hoy ha nacido
para borrar la pena
de algún verso herido.

Soy madrugada,
soy un hechizo
y en noches heladas
no pido permiso.

Soy un volcán,
soy muy ardiente
y en mi hallarán
lujuria latente.

Soy apuesto capitán
sobre velero de amor
y en él tus penas se irán
como el rocío en la flor.

Soy ruidosa quietud
de un cielo azul;
silenciosa inquietud
de un mágico tul.

Soy blanco corcel,
brioso encantado,
cabalgo en tropel
de besos robados.

Sobre anocheceres
mi barco navega;
brindando placeres
en toda mi entrega.

Soy caluroso
en el invierno,
niño fogoso;
un fuego eterno.

Soy rayo de luz
bajo la luna,
donde estés tú;
yo floto en la espuma.

Soy inquieto niño
en noches calladas
buscando el corpiño
en las madrugadas.

Soy de las estaciones,
primavera en el tiempo
y en frescos otoños
comparto tu aliento.

Miles locuras
haré de tu vida;
mil aventuras
gozaré en mi partida.

Soy un poema
que hoy ha partido,
borrando la pena
de algún verso herido.

Inspiración

Si fuera pintor,
pintaría en un lienzo
las cosas lindas
que de ti yo pienso.

Si fuera escultor,
en madera fina esculpiría
tus ahogados gemidos
de cuando yo te hago mía.

Si fuera compositor,
mis mejores versos escribiría
para que los leyeras, amor,
de noche y de día.

Si fuera cantante,
cantaría a mi amante
la más bella canción
que naciera del fondo
de mi corazón.

Si fuera músico,
con mi lira tocaría
las más dulces notas;
soñando que ya eres mía,
para toda la vida...

Luna de miel

Muchos besos…
Muchas caricias…
No teníamos prisa…
¡Era todo una delicia!

Inventábamos posiciones
al ritmo de canciones.
Su vuelo a veces ella
remontaba a una estrella.

Algunas veces al oriente,
otras hacia el occidente;
pero nuestra preferida,
inclinada, mirando
hacia tu almohada.

¡Qué muchas emociones!
¡Qué muchas sensaciones!
Jugamos al amor
toda la noche
como cabalgando
en un coche.

Mientras beso a beso
en nuestro ardiente lecho,
recorría todo tu pecho
hasta llegar al nido
del manjar prohibido.

Sí, jugamos al amor
sin pensar acaso, que un día
ya no estarías, otra vez
entre mis brazos.

Sí, jugamos al amor
con muchas ilusiones,
sin imaginar el dolor
que un día quedaría
en nuestros corazones.

Seducción

Explorabas entre mi arco.
Te apoderabas de mi mente.
¡Boca candente!
Labios ardientes
en el jardín de la felicidad.

Dedos titubeantes buscaban
una ruta diferente.
Temblorosos demorábanse.
Sentíame enloquecer.
¡Bello! Prolongado amanecer.

Mis excitadas caderas
contorneábanse frenéticas
al compás de vuestros labios
y los míos,
que como música en mis oídos,
adormecían mis sentidos
dejando indefenso todo el nido.

Arrancar de mi pecho,
gemidos de placer lograbas
con tu impetuosa daga,
que dura y tiernamente,
mi calurosa piel atravesaba
mientras me acariciaba.

Mi vientre se estremeció,
mis dedos se crisparon.
Extraña sensación invadió
todo mi ser, cuando en ti,
se deshojó la flor
convirtiéndome en mujer.

Me cubriste con pétalos de flores:
indiscretas mariposas,
isósceles flagelados,
estrellas brillantes,
resplandecientes diamantes;
dos irreverentes amantes…

Arrúllame

Desnúdame lentamente,
arrúllame con tus caricias,
hiéreme en lo más profundo;
déjame cicatrices.

Quémame con tus labios.
Mátame con tus besos.
Deja que corran tus manos
y aprieten con fuerza mis senos.

¡Galópame! Usa tu reata con brío.
Hazme sentir en las nubes,
y si ahora mismo no te me subes,
podría morirme de frío.

Hazme perder ya la calma;
róbala con tus deseos.
Penétrame toda el alma
y ámame sin rodeos.

Hipnotízame con tu mirada.
Domíname con tu pasión.
Mantenme enamorada;
despierta en mí esta ilusión.

Inúndame con tu sabia.
Haz que circule en mi cuerpo.
Mis deseos son peor que la rabia
que tienen las hembras en celo.

Mantenme en la encrucijada
de no saber lo que quiero;
si comerte a pedazos o entero
o que me tengas crucificada.

Amor desenfrenado

Si deseas descubrir
los secretos del amor,
ven conmigo bella flor,
te vas a divertir.

Demos rienda suelta
a esta pasión
que guardamos
en nuestro corazón.

No tardemos
en hacer
lo que ahora mismo
podría ser.

Abracémonos primero,
besémonos después;
hagamos el amor
al mismo tiempo.

No paremos ni un momento.
No nos levantemos a comer.
Del hambre no nos vamos a morir;
eso ya lo descubrí, pues…

Tu cuerpo es el postre preferido
de un amor que llevo escondido
encerrado dentro de mi pecho.
¡Vamos ya a nuestro lecho!

No nos preocupemos más por nada
que la noche es más corta
que el parpadear de una mirada
para un alma enamorada.

Ensueño

Hoy sueña el poeta.
Sueña en su sueño
que ya es tu dueño.

En su poesía
de noche y de día
habrá alegría.

Florecen las flores
en campos mejores
con nuevos albores.

Gloriosas victorias
de amorosas historias
escribirá en sus memorias.

Una blanca paloma
volará por el cielo
diciendo: "Te quiero".

La luna y el sol
cobijarán este amor
de gran esplendor.

Y será tu mirada
lucero y velero
en noche estrellada.

Hoy sueña el poeta
Sueña y despierta;
despierta y… !Te besa !

Idilio

¡Cómo extraño tu mirada!
¡Cómo extraño tu sonrisa!
El brillo de tus ojos al mirar
y tu dulce forma de besar.

Hoy mis pasos me han de guiar
con quien sigue siendo mi ilusión,
pues aunque exhausto de caminar,
siempre te llevé en mi corazón.

Mi corazón palpita más de prisa,
salta como niño juguetón;
por primera vez oigo su risa
desde que voló de tu rincón.

¿Qué sorpresas nos aguardan?
Eso lo sabremos al besar;
yo, tus dulces labios rojos
exhalando amor al suspirar.

¿Qué sorpresas nos aguardan?
Eso lo sabremos al besar;
tú, mis labios muy ansiosos
por quererte devorar.

Mía

Si tú fueras mía,
yo te amaría
de noche y de día
toda mi vida.

Si tú fueras mía,
ahora mismo sabrías
las miles de formas
en que yo te haría mía.

Si tú fueras mía,
yo te besaría
con un amor profundo
como a nadie en el mundo.

Si tú fueras mía,
mi vida te entregaría
para que con ella hicieras
todo lo que quisieras.

Si tú fueras mía,
yo te demostraría
en este momento
todo el amor,
que por ti, yo siento.

Si tú fueras mía,
no te cabría
la inmensa alegría
que yo te daría…

Error fatal

Sabes que cometiste
el más grande error
al irte de mi lado
sin pensar en mi dolor.

Cometiste un gran pecado
al dejarme solo, triste
y desesperado.
Mas sin embargo,
creíste que iba a ser fácil
para ti el olvidar,
el sabor de mis labios al besar.

Si con huir de mi lado,
creíste que me ibas a olvidar,
¡Qué equivocada estabas!
Ahora lo puedes comprobar.

Sé que te estás dando cuenta
que mi amor no era un amor
corriente como el del resto
de la gente.

Sé que fui el primero
que te supo dar un amor verdadero
y esto, tú creías, que en esta vida,
sería muy fácil de olvidar
como hacías con todos los demás.

Permítame que te diga
mi muy querida amiga,
en el mismo tono, suave,
honesto y sincero
con el que siempre te hablé,
que aunque vivieras mil años,
jamás a ti te amarán,
como yo te amé…

Besos de horas eternas
a ritmo acompasado
mientras hacíamos el amor
en nuestra última noche
que pasaste a mi lado.

Acéptalo de una vez,
ya que las cosas son al revés:

Poco a poco yo a ti
te estoy olvidando;
mas tú poco a poco,
me vas a ir deseando.

Sobre todo cuando me compares
con el que tengas a tu lado;
te darás cuenta
de que no me has olvidado.

Sé que querrás volver a unir
nuevamente nuestros lazos
y quedarte por fin
prisionera entre mis brazos,
pero por tu simple cobardía,
te vas a quedar con los deseos
de ser mía y solo mía,
ya que nunca fuiste
lo suficiente valiente
para enfrentarte
al resto de la gente;
por lo tanto,
sigue haciendo caso
de lo que dicen los demás

y quédate con las ganas
de volverme a conquistar.

Aventura fugaz

¿Por qué? Preguntóme en voz baja.
¿Por qué? Y su confusa mirada me fijó.
Balbucear no pude una palabra
mas un dolor en mi pecho se anidó.

Sollozó ella; suspiré yo.
No hubo súplica de perdón;
habíale partido su frágil corazón.
Sollozó ella; suspiré yo.

Fue un instante de locura,
un momento de pasión;
una breve aventura
donde nunca hubo amor.

Sollozó ella; suspiré yo.
No hallé ninguna explicación.
¡Silencio hubo en la habitación!
Quedóse ella; me fui yo.

El tiempo pasó

Y la niña lloraba, lloraba su desilusión
pensando que no volvería el hombre,
a quien entregó una noche,
su virginal amor.

Las horas desfilaban lentas en procesión.
La luna en lo alto miraba al perverso
cantando coplas y recitando versos,
a otra niña, a quien robaba su amor.

La primera, aún llorábale; llorábale
con ilusión de verle, abrazarle, besarle
y entregarle todo su cuerpo, joven y terso,
aunque al otro día se muriese de amor.

Esperando y soñando la vida se le fue,
mientras la luna, que todo lo ve,
lloraba al mirar aquella niña
convertida en mujer.

Una noche más

Quédate una noche más.
Déjame amarte
hasta la saciedad.
Quiero la miel
de tus entrañas,
esta noche saborear.

Déjame derretir
con mis labios,
ardientes de pasión,
las ansias locas
que escondes
en tu corazón.

Quédate una noche más
¡Qué importa
lo que piensen los demás!
Déjame traspasar
las fronteras de tu piel
y fundirme en tu cuerpo
hasta el amanecer.

Cansada

Ya me cansé de esperar
por quien dice que me ama.
Ya me cansé de estar
sola en la cama.

Noche a noche
la misma historia:
Tú con la otra
y yo aquí sola.

Esperando del teléfono
el sonido, el timbrar,
para por fin escuchar,
que en mi nido, no estarás.

Mi corazón herido
bastante ha sufrido;
ahora saldré a buscar
mi futuro marido.

Saldré a buscar
quien quizá traiga consigo
mi anhelada felicidad
y haga, por fin,
mis sueños realidad.

Sentencia final

Te has preguntado alguna vez
si el haberme abandonado
para volver con tu marido
valió la pena o se convirtió
en tu más trágica condena.

Condenada a no mirarme más
 por miedo a lo que dijesen los demás.
Condenada a vivir con quien no amas,
mas sin embargo, noche a noche,
tener que complacerlo en tu cama.

Condenada a vivir día a día
con la persona equivocada
pero esta vez para siempre
y sin poder borrarme de tu mente.

Pero no es mi intención, nena,
recordarte lo que has hecho
y no lo digo por despecho
pero esa será tu peor condena;
tener que soportarlo en tu lecho.

Muy tarde

Muy tarde descubrí
que eres mala, egoísta,
prepotente, orgullosa,
mentirosa y caprichosa.

Que no sabes amar.
Que no tienes sentimiento.
Que provocas el sufrimiento
en todos los demás.

¡Qué eres una demente!
Eso lo sabe toda la gente.
Que te entregas con facilidad
a la primera oportunidad.

Que por vengarte de tu hombre,
no te importa nada
entregar tu cuerpo a otro,
aunque solo le conozcas
por su nombre
o por tan solo una mirada.

Sabes que eres envidiosa,
mala, egoísta, caprichosa,
orgullosa y embustera;
sabes que eres traicionera.

Sabes romper todo enlace
en una seria relación
pues no te importa tu traición,
ya que eso, te complace.

Sabes que te gusta herir.
Sabes hacer sufrir.
Nunca vas a ser feliz;
siempre te arrastrarás
igual que una lombriz.

Ningún hombre te amará
cuando te conozca de verdad;
siempre te odiarán
por toda una eternidad.

Reencuentro

Después de algún tiempo
te volví a encontrar.
No fue nada fácil
el volverte a mirar.

Mi cuerpo temblaba
de los pies a la cabeza.
Mi voz se quebraba.
¡Qué torpeza!

Hubiese querido platicar
y decirte muchas cosas:
Unas malas…
Otras muy hermosas.

Decirte cuánto te extrañé.
Que ya no pude más querer
a ninguna otra mujer
por lo mucho que te amé.

Que en las noches no dormía;
al saber que no eras mía.
Sí. Decirte lo mucho que te amé
y lo mucho que te odié.

Decirte que mi vida quise quitar
para poderte olvidar.
Decirte que no vales nada;
ni tan siquiera una mirada.

Tanto te quise decir…
Pero mudo me quedé;
será por lo mucho que te amé
o por lo mucho que te odié.

Diluvio

En un mar de lágrimas
yo me vi el día
en que te perdí.
Nadie imaginó
lo mucho que sufrí.

No sé por qué pasó.
No hubo un adiós
cuando se marchó.
Ya nunca fui feliz;
no quise más vivir.

Día a día yo sufría.
Al cielo le pedía
que volvieras a mi vida
pero no sabía
cuánto tardarías.

En la arena me sentaba
pronunciando yo tu nombre
y desde la playa
al mar yo le gritaba
que trajera a mi hombre.

Hoy llegas nuevamente
y la llama está aún ardiente
y el amor que te tenía
ahora es más candente
que sol de medio día.

Mi cuerpo se derrite,
me abrasa las entrañas,
no esperaré a un mañana
para abrazarte, besarte
y que las ansias tú me quites.

Que ya no me atormente
la idea de un despido.
Que ya no te me vayas.
Que te quedes para siempre.
Que seas siempre mío.

Que abones este jardín
de flores muy sedientas
de ser aún regadas
en frías madrugadas
que no han tenido fin.

Entrega total

¡Estréchame! ¡Apriétame!
        Hazme tuya esta noche.
Haz de tus deseos un derroche
        sobre mi ardiente cuerpo
ansioso de aventura y de placer.
        Hazme tuya. Toda tuya.
Toda la noche hasta el amanecer.

No valió
de nada

No valió de nada
brindarte tanto amor.
No valió de nada
entregarte el corazón.

No valió de nada
el cariño que te di.
No valió de nada
lo mucho que sufrí.

No valió de nada
los besos que te di.
No valió de nada
el tiempo que perdí.

No valió de nada
las caricias que te di.
No valió de nada
el sueño que viví.

No valió de nada
todo lo que te quise.
No valió de nada
todo lo que te hice.

No valió de nada
tantas horas de placer.
No valió de nada
hacerte estremecer.

No valió de nada
poderte complacer.
No valió de nada
todo mi querer.

No valió de nada
hacerte el amor
toda la noche
hasta el amanecer.

No valió de nada.
No valió de nada
pues todo quedó
en el ayer...

Encuentro

Como rayo que cae dos veces en el mismo lugar
provocando destrucción, así son las huellas
dejadas por ti, en el fondo
de mi corazón.

Como un tornado que arrastra todo a su paso,
así tu amor ha pasado,
llevando mi vida
al fracaso.

Viviendo años de espera, se me fueron
mil primaveras, creyendo que
tú volverías, a calmarme
las penas.

Mas hoy el tiempo ha pasado y mi
vida termina su invierno.
Mi primavera habrá
empezado cuando
nos juntemos
allá, en el
infierno.

Permítanme soñar

No me despierten
si ven que duermo hoy.

Permítanme soñar
que sus jugosos
y ardientes labios
he de saborear.

Permítanme soñar
que mis manos
su cintura hoy
han de sujetar.

Que sus caderas
han de oscilar
con el ardiente roce
de nuestro respirar.

Permítanme soñar,
no quiero despertar;
a tu lado quiero estar
y tus ojos yo mirar.

Permítanme soñar
que esta noche bella
en el lejano cielo
nos vamos a casar.

Que mil estrellas
sus brillantes luces,
esta oscura noche,
quieran apagar.

Y sin testigos más
que nuestro respirar,
traspasemos las fronteras
de este amor universal.

Permítanme soñar,
si ven que duermo hoy.
Permítanme soñar.
Permítanme soñar.

Alcoba de cristal

¡Qué lindo es ver la luna
y ponerse a soñar
que tú estás conmigo
en una alcoba de cristal!

Y adyacente a sus rayos
contemplar del universo
las constelaciones a través
de nuestro nido de cristal.

Yo soñaría en ese instante
que un coro de ángeles
cantan a tu alrededor,

aunque al despertar,
mirase a las estrellas
envidiando nuestro amor.

Suicidio

Dos lágrimas asomaban
denunciando su dolor.
Dos lágrimas rodaban,
no las pudo contener,
al perder a su querer,
quien pagaba con traición
lastimando así su corazón.

Quería su vida quitar;
ya no podía más.
No podía evitar
su triste realidad.

¿Cuál fue su error?
No podía comprender.
¿Qué podría ya hacer?
Se moría de dolor.

Un disparo se escuchó
en medio de la habitación.
¡Oscuro todo ya quedó!
No hubo más dolor
en su destrozado corazón.

Lujuria

Hoy quiero más de ti.
        Mi cuerpo arde de pasión.
Hoy quiero ya sentir
        el fuego de tu corazón.

Ya no resisto más.
        Tu cuerpo deseo desnudar.
No me hagas esperar;
        la gloria deseo ya alcanzar.

Una estrella
en mis pies

Tú has desaparecido en mi llanto
después de haberte amado tanto.
Muy tarde lograste comprender
el amor que un día yo te profesé,
en un tierno y dulce atardecer.

Mas eso es nimia historia
guardada en mi memoria
y en este radiante anochecer,
dentro de mi ser, no eres más que
una estrella en mis pies.

Y no es que hoy sea yo arrogante
ni que me llene de gozo con tu enojo
pero el destino es muy tramposo
para quien irradia luz farsante
pretendiendo ser fino diamante.

Y en este oscuro anochecer
tu orgullo y altivez, hoy,
por fin, lo he podido ver,
convirtiéndote esta vez
en una estrella en mis pies.

Depresión

Deseo ya morir.
No quiero más sufrir.
No quiero más pensar
en toda tu maldad.

Las fuerzas se me han ido
de lo mucho que he sufrido.
Nunca supiste comprender
mi manera de querer.

Mi amor todo te lo di,
el día en que te conocí.
De nada eso sirvió
pues te burlaste de mi amor.

De esta vida nada espero;
ya no tengo a quien quiero.
Nadie llamará a la puerta
de mi alma ya desierta.

Mi camino he de seguir
con rumbo al más allá,
quizá luego de morir,
alcance mi felicidad.

Miedo

Tengo miedo de tus ojos al mirar,
de tu dulce forma de sonreír,
de tus ardientes labios al besar,
de tu movimiento al caminar,
de por tu amor un día sufrir.

Tengo miedo de tus caricias
que roban toda mi energía,
de forma lenta y sin prisa,
haciéndome sentir día a día
que mi vida es tuya y no mía.

Tengo miedo de tu pensamiento,
de cuando callas y nada dices;
de cuando dices y nada callas,
de cuando hablo y no miento;
de cuando miento y no hablo.

Tengo miedo a esta sensación
que confunde a este amor.
Tengo miedo a esta obsesión,
a esta nueva y extraña ilusión
que aprisiona a mi corazón.

Despertar sin ti

Despertar en un amanecer
sin luna y sin sol.
Despertar y estar sin ti;
es lo mismo que morir.

Los segundos se tornan días,
los minutos en lentos rebaños
de impaciencia y de años,
que acaban con el alma mía.

Despertar sin ti a mi lado,
sin tu sonrisa ni tus besos.
¿Cómo soportar todo eso?
Me siento muy desesperado.

Despertar sin ti a mi lado
sin tu caricia ni respiración,
no sé por qué ha pasado;
siento que muero de pasión.

Agonía

Te amo como nunca
a nadie amé.
Con mucho amor
a ti yo me entregué;
sin pensar que un día,
por tu amor, yo sufriría.

¡Cómo sufro al pensar
que nunca más tú volverás!
Amándote como te amo.
¿Por qué me causas
tanto daño?

No te vayas mi amor.
No te vayas por favor.
No me dejes navegando
en este pozo de dolor
causado por el llanto
de este triste adiós.

Te deseo buena suerte,
amor de mi vida,
aunque tu partida
signifique para mí,
la muerte...

Te has ido

Te has ido. Soy culpable.
Me lo tengo merecido
Acto imperdonable.
Quitarme la vida
he querido
mas no he podido
porque guardo en mí
la remota ilusión
de que duerma en ti
un hilo de compasión
que te haga volver
a soñar otra vez
en un nuevo amanecer;
que llegue a encender
un rayo de luz.
haciendo renacer
en todo tu ser
la llama que tú
supiste mantener
en ese bello ayer
de locura y pasión
junto a mi corazón.

Sí, mantengo una esperanza
agonizante, agonizante,
agonizante como mi alma
que muere paulatinamente
de tanto que te ama,
que desespera y se ahoga,
que no tiene calma,
con recuerdos en mi mente
como vacía estancia
sin muebles; sin cama
pero con un cuerpo ansioso
y vibrante de ti, deseoso
por desbordar
entre besos y caricias
desde su raíz
todo este amor
que siento y
tengo solo para ti.

Alegría

Tú eres alegría.
Tú eres el color
y a mi triste día
le traes el sabor.

Tú eres felicidad.
Tú eres la inspiración
que llena de ansiedad
a mi maltrecho corazón.

Tú eres amor.
Tú eres dulzura
y con tu hermosura
despiertas mi pasión.

Tú en fin, en mis noches
de grandes emociones,
eres todo un derroche
de excitantes gemidos
en que se adormecen
todos mis sentidos…

Amar sin ser amado

Si mencionas el nombre
de otro hombre
al que has amado;
me quedo callado.

Las aventuras del ayer,
en ti, están presentes hoy.
Es otro; yo no soy
quien te hace padecer.

Y cuando triste sonríes
y tu mirar la alegría implora;
la razón de mí se ríe
mientras mi corazón llora.

Me quedo callado
al sentirte ausente
aunque estés presente
y estés aquí a mi lado.

Me quedo callado
pues estoy enamorado.
Perderte ya no puedo
y a eso, hoy le tengo miedo.

Me quedo callado
si en una canción,
tus ojos se humedecen
y desgarran a tu corazón.

Me quedo callado
pues estoy enamorado.
Perderte ya no puedo
y a eso, hoy le tengo miedo.

Temeridad

Sí. Renuncio a su querer
de una vez y para siempre,
al ayer aún latente
de un amor que ya mi mente
olvidar tiene que aprender.

Renuncio al resplandor
de su ardiente mirada,
de sus brazos al calor,
de sus besos al sabor,
en una noche estrellada.

Al renunciar a todo ello
mi vida pongo en juego;
ya no habrá Dios en el cielo
que juzgue a un ser malo
de uno bueno…

Amor desesperado

Cuanto más te miro; más te deseo.
Cuanto más me deprimo, más te veo.
¡Qué sufrimiento tan enfermizo!
¡Ay! No te miento; eres mi hechizo.

Mas tú mis poemas al viento lanzas,
llenos de versos con alabanzas.
Es un castigo, el que tú ignores,
mi poemario, lleno de amores.

Es tu mirada en noche estrellada,
resplandeciente de madrugada.
Mujer hermosa; estrella lejana,
fresca rosa de la mañana.

Eres mi diosa para adorar,
niña preciosa sobre mi altar.
En mi desierto; un espejismo,
en tu camino; seré tu destino.

En mi delirio, yo te persigo.
¡Oh, bello lirio! Ven ya conmigo.
Calla silencio que duerme ahora.
Deja que sueñe; viene la aurora.

¡Cuánto te amo, gran amor mío!
No sufro en vano, yo lo he querido.
Toma mi mano, bella nodriza,
dibuja en mi alma, tu dulce sonrisa.

Abre tu puerta, niña encantada;
deja penetre, tu ardiente morada.
Deja fundir con mis labios tu aliento;
labios que abrasan, desde hace tiempo.

Amordazado

Ya no calles sufrimiento
y lanza tus penas al viento.
Ya no sufras más por cosas
que mentiras o verdades son,
silenciosamente ruidosas,
engañar jamás podrán
a tu bondadoso corazón.

Grita el alma en desespero
bajo el gélido frío de la noche.
Desesperanzada en el anhelo
de romper el hermético broche
que cerró aquel sepulturero
disfrazado de dulce amante
con elocuencia de galante.

Sube a mi nave del tiempo;
sanar tus heridas es mi objetivo.
Remonta los cielos conmigo;
volaremos en mi pensamiento
más allá del benévolo olvido
y en una estrella lejana
cubriré de besos tu alma.

Ya lanza tus penas al viento.
Permite que la fuerte brisa
envuelva y transporte con prisa
el dolor que creció con el tiempo.
Sentirás el amor que yo siento
dibujando en tus ojos una sonrisa,
en este gran sublime momento.

Copas

Una copa de vino
              sumada a una
de mi amor
              y a otra de dolor;
solo tú, primor,
              saciar tu sed podrás,
con la sangre
              de mi corazón.

Punto final

Sin ti podré saborear
las mieles del mundo.
Sin ti podré navegar
el mar tan profundo.

Sin ti veré que en la vida
aún existe alegría
y que del azul del cielo
emana brillante energía.

Mas sin ti, mis anhelos,
nunca en mis sueños
se harán realidad.

La tierra no abrazará
más a la lluvia clamando
a la dulce semilla
despertar una espiga.

Y en el sombrío
de la noche el estruendo
seguiré yo muriendo
y mi beso en ausencia
borrará tu presencia,
en un vano delirio
de llevar al olvido
lo que en día florido,
la luna en su espejo
recorrió en tu pecho
la flamante dulzura
de un leve pesar,
que en breve aventura
dio punto final,
a la más bella historia
de un amor sin igual.

Espejo

¡Oh, espejo, mi viejo
y confidente espejo!
¿Te acuerdas
de aquellas primaveras
cuando mi figura
reflejabas alegremente
y mi mirada brillante,
como estrella de oriente,
al mundo mostrabas
orgullosamente?

Espejo, espejito,
dime despacito:
¿Por qué se ha apagado
el brillo en tu mirar?
Y en este triste amanecer,
confiesa de una vez:
¿Qué va a ser
de lo que un día fue
de tu joven cuerpo
y tu esbeltez?

¿Por qué hay nieve
si aún no llueve
y presagias con tu dolor
un nublado atardecer?
¿Por qué hay líneas
por doquier;
si siempre te he cuidado
como el jardinero
cuida y brinda amor
a una hermosa flor?

Yo no te romperé
como en aquel cuento.
Yo te cuidaré
y tus líneas borraré.
Tus nieves hoy cobijaré
y en mi aposento
las ventanas abriré.
Deseo verte más contento.
y que la tristeza en tu mirar
ya no vuelva nunca más.

¡Oh, espejito, espejito!
Haz un esfuercito.
Para ya tu timidez.
Cambia ya esa cara
y sonríe otra vez
como lo hacías
en aquel feliz ayer
cuando tus labios,
borrachos de placer,
saborearon las mieles
de aquellos rojos labios
por primera vez.

Adiós

¡He ahí mi féretro!
¡Helo ahí! Gris. Triste.
Triste y gris como mi ser.
Sin un ayer; sin un amanecer.

Quizá ruede una lágrima;
una lágrima sobre él.
Una lágrima que entibie
el frío anochecer.

O quizá nadie se acuerde,
después de breve tiempo,
quien yace dentro,
dentro de su piel.

¡Mi sarcófago pronto cerrarán!
Una flor piadosa alguien lanzará
anunciando el viaje de uno más:
Un viaje hacia la eternidad.

El cementerio duerme en silencio.
Un nuevo huésped mora en él,
en un féretro gris, triste y frío:
Frío como el anochecer...

Borinquen

Amanecer puertorriqueño
frente a un espejo cegador;
así es el mar de Borinquen
cuando refleja los rayos del sol.

Así es la tierra en que viví.
pequeña pero bonita.
Así es la bella islita;
¡ La tierra del Coquí!

Isla del Encanto

Amo al mar y a su vertiente.
　　　　Amo a toda su gente;
al Yunque y al Coquí
　　　　y a esta tierra en que viví.

Amo al Pitirre y al ají.
　　　　Amo todo lo de aquí.
Y a ti ...
　　　　puertorriqueña hermosa,
por ser,
　　　　la más alegre mariposa.

Pitirre

Pitirre, Pitirre.
Pájaro cantor,
hoy oigo diferente
la melodía de tu voz.

Pitirre, Pitirre.
Pájaro cantor.
¿Será acaso
que lamentas
la pérdida
de un gran amor?

Pitirre, Pitirre.
Pájaro cantor,
la tristeza de tu eco
llega al mismo sol.

Pitirre, Pitirre.
Pájaro cantor,
seca ya tu llanto,
háblame de tu dolor.

Pitirre, Pitirre.
Pájaro cantor,
dime por favor:
¿Qué pena invade
a tu corazón?

Pitirre, Pitirre.
Pájaro cantor.
¿Será acaso
que te lamentas
por las injusticias
contra tu nación?

Puerto Rico

Yo soy feliz mirando mis playas
de arenas blancas con perlas
y escuchar a las olas cantando
canciones muy dulces y bellas.

En el atardecer del celaje
me hace feliz tu paisaje;
el sol y la luna extasiados
con ojos de enamorados.

Yo soy feliz de noche mirando
un techo de cielo estrellado
y debajo de este manto observar,
de la tierra, el más bello lugar.

Liberada

No seas tan latoso,
ya no quiero usar rebozo.
Ya pasamos el Siglo Veinte.
¡Qué va a decir la gente!
Acuérdate Pancho
que son costumbres de tu rancho.

Pórtate bien
o me consigo un sancho.
Solo falta que me pegues.
¡No la riegues!
Cómprame una lavadora
como a tu comadre Dora.

No me hagas lavarle a mano
los calzones a tu hermano.
Déjame dinero sobre la mesa
para ir a un salón de belleza;
quiero arreglarme desde los pies.
hasta la cabeza.

No bebas como Lupe;
deja ya el chupe.
No tomes más bironga
o quieres que el cuerno te lo ponga.
Cómprame carro y celular
y ya no seas tan vulgar.

Recuerda este fin de semana
y cuídame los niños con tu hermana.
Aprende a cambiar pañales
y a prepararme los tamales.
No saques los chamacos del trailer
pues yo me voy pa'l baile.

Hoy está el Conjunto Primavera.
¡Ya no aguanto más la espera!
Mírate ya en un espejo;
cada día estás más gordo y viejo.
Búscate un segundo trabajo
pues ya no queda para el gasto.

Búscalo de noche
y déjame tu coche
pues me quiero divertir
o de aburrimiento he de morir.

Ya no soy la misma, Pancho,
como cuando vivíamos en el rancho.
Trátame con cariño y cuidado
o me consigo un par de amantes
cuando estés más descuidado.

El Salvador
1980

Si lo que he visto se llama vivir;
en ese caso prefiero morir.
Hermanos contra hermanos,
bajo el mismo firmamento,
con el mismo pensamiento:
El deseo de triunfar.

Criaturas inocentes;
miradas de piedad.
Hambre en sus vientres;
rodeados de soledad.
Llantos de angustia en coro
llamando a su papá.
A lo lejos, una voz les grita,
que hoy tampoco, él vendrá…

Indecisión

Solo y triste
  vago tambaleante
por las nubes
  del recuerdo.
Mis ideas,
  unas contra otras,
van chocando
  sin llegar
a un acuerdo.

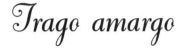

Trago amargo

Un Escocés con agua, pide uno.
Un Cuba Libre, pide otro.
Así, uno a uno,
ingiere su bebida preferida,
tratando en vano,
de curar alguna herida.

Unos con deseos ardientes de amar;
otros, con deseos de matar.
Todos y cada uno en silencio
continúan bebiendo
y en su soledad viviendo
una vida sin amistad…

Transición

Un trompo de forma regular
o en forma de zanahoria.
Unas canicas y un balín;
con eso fui feliz.

Una lata de sardina
llena de piedritas
remolcadas por un hilito;
ese era mi carrito.

Una garrocha de bambú
para saltar igual que tú.
Nunca tuve un televisor
pero en casa, era yo el actor.

Un palo de escoba
y un mecate;
ese era mi caballo
para correr por el zacate.

Un aro de bicicleta
y un gancho;
me acompañaban
al estanco.

Así pasé mi infancia;
sin lujos ni elegancia,
con pantalones remendados
pero siempre muy planchados.

La vida en mi país
era a todo dar;
caminabas muy feliz
por cualquier lugar.

Nos íbamos al río
sin permiso a bañar
que no se dieran cuenta
pues te castigaban tus papás.

¡Cómo extraño aquel anafre
donde cocinaban los tamales!
¡Cómo extraño aquel catre
donde soñaba con tus mares!

Luego llegó mi adolescencia,
ahí, ya tuve más paciencia;
mis pobres juguetes olvidé
y por fin me enamoré.

El tiempo ha pasado
y vivo en los "Estados";
ya nunca más volví
al lugar donde nací.

¡Fue un gran pasado!
Mucho ha cambiado
desde que me fui
de ese pequeño gran país.

Por las calles caminar
es un peligro que afrontar:
Robo, secuestro y asesinato,
eso, sucede a cada rato.

Contaminación ambiental;
ingrata mano criminal,
que día a día, a mi patria
le causa mucho mal.

Lamentable situación
es la drogadicción
que junto a la corrupción
destruyen a esa pobre nación.

Estudio crítico literario

Añoranza

Tercer volumen
de poesías

La poesía lírica de Frank Alvarado Madrigal nos revela en todos y cada uno de sus versos lo que en realidad simboliza la palabra arte. El poeta, utilizando una variedad de temas y un lenguaje sencillo y armonioso, te conduce de la mano a través de bellas figuras retóricas por senderos que, con anterioridad, ya había trazado para ti.

Tema:

Como en todo poeta romántico, sobresalen en sus poesías, cantos a la naturaleza, al amor, al desamor motivos pesimistas, nostálgicos, y de crítica social.

Canto a la naturaleza:

Isla del Encanto

*Amo al **mar** y su **vertiente**.*
            *Amo a toda mi **gente**;*
*al **Yunque** y al **Coquí***
            *y a esta **tierra** en que viví.*

*Amo al **Pitirre** y al **ají**.*
            Amo todo lo de aquí.
Y a ti…
            ***puertorriqueña** hermosa,*
por ser,
            *la más alegre **mariposa**.*

Borinquen

***Amanecer** puertorriqueño*
frente a un espejo cegador;
*Así es el **mar de Borinquen***
*cuando refleja los rayos del **sol**.*

*Así es la **tierra** en que viví;*
pequeña pero bonita.
*Así es la bella **islita**;*
*¡**La Tierra del Coquí**!*

Canto al amor:

Diluvio

Mi cuerpo se derrite,
me abrasa las entrañas,
no esperaré a un mañana
para abrazarte, besarte
y que las ansias tú me quites.

Seducción

Explorabas entre mi arco.
Te apoderabas de mi mente.
¡Boca candente!
Labios ardientes
en el jardín de la felicidad.

Idilio

¿Qué sorpresas nos aguardan?
Eso lo sabremos al besar;
yo, tus dulces labios rojos
exhalando amor al suspirar.

¿Qué sorpresas nos aguardan?
Eso lo sabremos al besar;
tú, mis labios muy ansiosos
por quererte devorar.

Entrega total

¡Estréchame! ¡Apriétame!
Hazme tuya esta noche.
Haz de tus deseos un derroche
sobre mi ardiente cuerpo
ansioso de aventura y de placer.
Hazme tuya. Toda tuya.
Toda la noche hasta el amanecer.

Amor desenfrenado

Abracémonos primero,
besémonos después;
hagamos el amor
al mismo tiempo.

No paremos ni un momento.
No nos levantemos a comer.
Del hambre no nos vamos a morir;
eso ya lo descubrí, pues...

Tu cuerpo es el postre preferido
de un amor que llevo escondido
encerrado dentro de mi pecho.
¡Vamos ya a nuestro lecho!

Ensueño

Hoy sueña el poeta
Sueña y despierta;
despierta y... !Te besa!

Canto al desamor:

Reencuentro

Decirte que mi vida quise quitar
para poderte olvidar.
Decirte que no vales nada;
ni tan siquiera una mirada.

Tanto te quise decir…
Pero mudo me quedé;
será por lo mucho que te amé
o por lo mucho que te odié.

Cansada

Ya me cansé de esperar
por quien dice que me ama.
Ya me cansé de estar
sola en la cama.

Noche a noche
la misma historia:
Tú con la otra
y yo aquí sola.

Muy tarde

Muy tarde descubrí
que eres mala, egoísta,
prepotente, orgullosa,
mentirosa y caprichosa.

99

Motivos pesimistas:

Agonía

Te deseo buena suerte,
amor de mi vida,
aunque tu partida
signifique para mí
la muerte.

Depresión

Deseo ya morir.
No quiero más sufrir.
No quiero más pensar
en toda tu maldad.

Suicidio

Un disparo se escuchó
en medio de la habitación.
¡Oscuro todo ya quedó!
No hubo más dolor
en su destrozado corazón.

Miedo

Tengo miedo a esta sensación
que confunde a este amor.
Tengo miedo a esta obsesión,
a esta nueva y extraña ilusión
que aprisiona a mi corazón.

Motivos nostálgicos:

Espejo

*¡Oh, espejo, mi viejo
y confidente espejo!
¿Te acuerdas
de aquellas primaveras
cuando mi figura
reflejabas alegremente
y mi mirada brillante,
como estrella de oriente,
al mundo mostrabas
orgullosamente?*

El tiempo pasó

*Y la niña lloraba, lloraba su desilusión
pensando que no volvería el hombre,
a quien entregó una noche,
su virginal amor.*

Amor desesperado

*Mas tú mis poemas al viento lanzas,
llenos de versos con alabanzas.
Es un castigo, el que tú ignores,
mi poemario, lleno de amores.*

Transición

El tiempo ha pasado
y vivo en los "Estados";
ya nunca más volví
al lugar donde nací.

¡Fue un gran pasado!
Mucho ha cambiado
desde que yo me fui,
de ese pequeño gran país.

Por las calles caminar
es un peligro que afrontar:
Robo, secuestro y asesinato,
eso, sucede a cada rato.

Contaminación ambiental;
ingrata mano criminal,
que día a día, a mi patria
le causa mucho mal.

Lamentable situación
es la drogadicción
que junto a la corrupción
destruyen a esa pobre nación.

Pitirre

Pitirre, Pitirre.
Pájaro cantor.
¿Será acaso
que te lamentas
por las injusticias
contra tu nación?

El Salvador
1980

Si lo que he visto se llama vivir;
en ese caso prefiero morir.
Hermanos contra hermanos,
bajo el mismo firmamento,
con el mismo pensamiento:
El deseo de triunfar.

Criaturas inocentes,
miradas de piedad.
Hambre en sus vientres,
rodeados de soledad...

Trago amargo

Un Escocés con agua, pide uno.
Un Cuba Libre, pide otro.
Así, uno a uno,
ingiere su bebida preferida,
tratando en vano,
de curar alguna herida.

Unos con deseos ardientes de amar;
otros, con deseos de matar.
Todos y cada uno en silencio
continúan bebiendo
y en su soledad viviendo
una vida sin amistad...

Lenguaje:

Su lenguaje es sencillo y claro obteniendo, en esta forma, rimas bastante comprensibles encadenadas melódicamente a través de todos sus versos. Un profundo subjetivismo y el uso del **yo** caracterizan sus poesías.

Soy un poema

Soy un poema
que hoy ha nacido
para borrar la pena
de algún verso herido.

Soy madrugada,
soy un hechizo
y en noches heladas
no pido permiso.

Mía

Si tú fueras mía,
yo te amaría
de noche y de día
toda mi vida.

Aventura fugaz

Sollozó ella; suspiré **yo**.
No hallé ninguna explicación.
¡Silencio hubo en la habitación!
Quedóse ella; me fui **yo**....

Imaginería:

Nuestro escritor hace uso de toda su destreza poética por medio del empleo de imágenes; de de esta forma, el lector tiene la oportunidad de recrear los sentidos sensoriales.

Puerto Rico

*Yo soy feliz **mirando** mis **playas**
de **arenas blancas** con **perlas**
y **escuchar** a las **olas cantando**
canciones muy **dulces** y **bellas**.*

Añoranza

*Quisiera ser el **día**
o quizás su **luz**
para **alumbrar** el **sendero**
por donde **caminas** tú.*

Punto final

*Sin ti podré **saborear**
las **mieles** del mundo,
sin ti podré **navegar**
el **mar** tan **profundo**,
sin ti **veré** que en la vida
aún existe **alegría**.*

Simbolismo:

Es una de sus mejores armas, usa el calibre perfecto, acierta siempre en el blanco. Simboliza. el amor con elementos naturales mencionados en la gran mayoría de sus poesías.

Encuentro

*Como **rayo** que cae dos veces en el mismo lugar
provocando destrucción, así son las huellas
dejadas por ti, en el fondo
de mi corazón.*

*Como un **tornado** que arrastra todo a su paso
así tu amor ha pasado
llevando mi vida
al fracaso.*

Seducción

*Explorabas entre mi arco.
Te apoderabas de mi mente.
¡Boca candente!
Labios ardientes
en **el jardín de la felicidad.***

Metáfora:

*No cabe duda de las cualidades del autor para
tejernos con un fino velo lingüístico las ideas
que surcan la mente y nos tocan el corazón.*

Alegría

Tú eres alegría.
Tú eres el color
y a mi triste día
le traes el sabor.

Tú eres felicidad.
Tú eres la inspiración
que llena de ansiedad
a mi maltrecho corazón.

Amor
desenfrenado

Tu cuerpo es el postre *preferido*
de un amor que llevo escondido
y encerrado dentro de mi pecho.
¡Vamos ya a nuestro lecho!

No nos preocupemos más por nada
*que **la noche es más corta***
*que **el parpadear de una mirada***
para un alma enamorada.

Símil:

Las comparaciones literarias, sobre todo en el género romántico, son muy usadas y nuestro nuestro autor las emplea por doquier.

Idilio

Mi corazón *palpita más de prisa,*
salta como niño juguetón;
por primera vez oigo su risa
desde que voló de tu rincón.

Soy un poema

Soy apuesto capitán
sobre velero de amor
y en él **tus penas se irán**
como el rocío en la flor.

Encuentro

Como rayo *que cae dos veces en el mismo lugar*
provocando destrucción, así **son las huellas**
dejadas por ti, en el fondo
de mi corazón.

Como un tornado *que arrastra todo a su paso*
así **tu amor ha pasado**
llevando mi vida
al fracaso.

Personificación:

Estas figuras retóricas se encuentran insistentemente en la mayoría de sus poesías dándoles gran belleza y usadas por nuestro poeta de una manera muy magistral.

Ensueño:

Una blanca paloma
volará por el cielo
diciendo: "Te quiero".

El tiempo pasó

Esperando y soñando la vida se le fue,
mientras la luna, que todo lo ve,
lloraba al mirar aquella niña,
convertida en mujer.

Alcoba
de cristal

Yo soñaría en ese instante
que un coro de ángeles
cantan a tu alrededor,

aunque al despertar,
mirase a **las estrellas**
envidiando nuestro amor.

Hipérbaton:

Las siguientes estrofas ilustran el uso del hipérbaton o cambio en el orden sintáctico.

Añoranza

Quisiera ser del río
la más fresca corriente
y anunciar nuestro idilio
a toda la gente.

Quisiera ser del rocío
la fresca mañana
y refrescar tu amor y el mío
a través del fondo de mi alma.

Quisiera ser de las flores
la más fresca fragancia
y saciar con mis labios
todas tus ansias.

Soy un poema

Soy de las estaciones,
primavera en el tiempo
y en frescos otoños
comparto tu aliento.

Puerto Rico

En el atardecer del celaje
me hace feliz su paisaje;
el sol y la luna extasiados
con ojos de enamorados.

Yo soy feliz de noche mirando
un techo de luz estrellado
y debajo de este manto observar,
de la tierra, el más bello lugar.

Alcoba
de cristal

Y adyacente a sus rayos
contemplar del universo
las constelaciones a través
de nuestro nido de cristal.

Hipérbole:

Las exageraciones literarias se hallan abundantemente en sus poesías. Si fuera-ramos a enumerarlas habría que ilustrar nuestro estudio crítico literario con casi todas las poesías de este libro.

A continuación mostraremos únicamente algunas estrofas de poesías conteniendo ejemplos de hipérboles, con la intención premeditada de permitir a profesores y estudiantes, el comentario literario de otros ejemplos, dentro de este tercer volu-men de poesías románticas.

Inspiración

Si fuera escultor,
en madera fina esculpiría
tus ahogados gemidos
de cuando yo te hago mía.

Arrúllame

Hazme perder ya la calma;
róbala con tus deseos.
Penétrame toda el alma
y ámame sin rodeos.

Pitirre

Pitirre, Pitirre.
Pájaro cantor,
la tristeza de tu eco
llega al mismo sol.

Aliteración:

Las aliteraciones se hallan en cantidades industriales dentro de sus poesías, dándole un ritmo especial a la musicalidad de sus versos.

Depresión

Deseo ya **m**orir.
No quiero **m**ás sufrir.
No quiero **m**ás pensar
en toda tu **m**aldad.

Las fuerzas se **m**e han ido
de lo **m**ucho que he sufrido.
Nunca supiste comprender
mi **m**anera de querer.

Mi amor todo te lo di,
el día en que te conocí.
De nada eso sirvió
pues te burlaste de mi amor.

Mi camino he de seguir
con rumbo al **m**ás allá,
quizá luego de **m**orir,
alcance **m**i felicidad.

Idilio

Mi corazón **p**alpita más de **p**risa,
salta como niño juguetón;
por **p**rimera vez oigo su risa
desde que voló de tu rincón.

Amor
desesperado

*Cuanto **más** te **m**iro; **más** te deseo.*
*Cuanto **más me** deprimo, **más** te veo.*
¡Qué sufrimiento tan enfermizo!
*¡Ay! No te **m**iento; eres **mi** hechizo.*

*Mas tú **mi**s poemas al viento lanzas,*
llenos de versos con alabanzas.
Es un castigo, el que tú ignores,
***mi** poemario, lleno de amores.*

Copas

*Una **c**opa **d**e vino*
                *sumada a una **d**e **mi** amor*
*y a otra **d**e **d**olor,*
                *solo **t**ú, **p**rimor,*
*saciar **t**u sed **p**odrás*
                con la sangre
*de **mi c**orazón.*

Una estrella
en mis pies

***M**as eso es nimia historia*
*guardada en **mi m**emoria*
y en este radiante anochecer,
*dentro de **mi** ser, no eres **más***
*que una estrella en **mi**s pies.*

Oxímoron:

Esta variedad de figura retórica la utiliza
el poeta con increíble destreza.

Ensueño

Soy **ruidosa quietud**
de un cielo azul;
silenciosa inquietud
de un mágico tul.

Amordazado

Ya no calles sufrimiento
y lanza tus penas al viento.
Ya no sufras más por cosas
que mentiras o verdades son,
silenciosamente ruidosas,
engañar jamás podrán
a tu bondadoso corazón.

Transición

¡Fue un gran pasado!
Mucho ha cambiado
desde que yo me fui,
de ese **pequeño gran** país

Repetición:

Esta estrategia literaria se encuentra en algunas de sus poesías para dar énfasis a los mensajes que el poeta considera deben llegar al lector y de esta manera envolverlo en un mundo único. He aquí algunos ejemplos:

No valió de nada

No valió de nada
brindarte tanto amor.
No valió de nada
entregarte el corazón.
No valió de nada
el cariño que te di.
No valió de nada
lo mucho que sufrí.

Mía

Si tú fueras mía
yo te amaría
de noche y de día
toda mi vida.

Si tú fueras mía
ahora mismo sabrías
las miles de formas
en que yo te haría mía.

Inspiración

Si fuera pintor,
pintaría en un lienzo
las cosas lindas
que de ti yo pienso.

Si fuera escultor,
en madera fina esculpiría
tus ahogados gemidos
de cuando yo te hago mía.

Amar
ser amado

Me quedo callado
si en una canción,
tus ojos se humedecen
y desgarran a tu corazón.

Me quedo callado
pues este es mi destino.
Yo escogí el camino
de amar sin ser amado.

Alegría

Tú eres alegría.
Tú eres el color
y a mi triste día
le traes el sabor.

Métrica:

El artístico uso de la rima consonante o perfecta es muy empleada en sus poesías. Analicemos la igualdad de todas las letras desde la última acentuada.

Soy un poema

Sobre anoche**ceres**
mi barco nav**ega**;
brindando plac**eres**
en toda mi entr**ega**.

Soy calur**oso**
en el invi**erno**,
niño fog**oso**;
un fuego et**erno**.

Soy inquieto n**iño**
en noches call**adas**
buscando el corp**iño**
en las madrug**adas**.

Ensueño

Florecen las fl**ores**
en campos mej**ores**
con nuevos alb**ores**.

Gloriosas vict**orias**
de amorosas hist**orias**
escribirá en sus mem**orias**.

Amar
sin ser amado

Si mencionas el nombre
de otro hombre
al que has amado;
me quedo callado.

Me quedo callado
al sentirte ausente
aunque estés presente
y estés aquí a mi lado.

Me quedo callado
pues estoy enamorado.
Perderte ya no puedo
y a eso, hoy le tengo miedo.

Arrúllame

Hazme perder ya la calma;
róbala con tus deseos.
Penétrame toda el alma
y ámame sin rodeos.

Mantenme en la encrucijada
de no saber lo que quiero;
si comerte a pedazos o entero
o que me tengas crucificada.

Sentencia final

Pero no es mi intención, nena,
recordarte lo que has hecho
y no lo digo por despecho
pero esa será tu peor condena;
tener que soportarlo en tu lecho.

Rima asonante o imperfecta:

El uso de la rima asonante o imperfecta da una inigualable musicalidad a su poesía, las letras consonantes son ignoradas y se mantiene la igualdad de las vocales desde la última acentuada.

Las siguientes estrofas son ejemplos de rima asonante masculina o sea rima imperfecta de de una sola sílaba.

Lujuria

Hoy quiero más de ti.
       Mi cuerpo arde de pasión.
Hoy quiero ya sentir
       el fuego de tu corazón.

Ya no resisto más.
       Tu cuerpo deseo desnudar.
No me hagas esperar;
       la gloria deseo ya alcanzar.

Amor desenfrenado

Si deseas descubrir
los secretos del amor,
ven conmigo bella flor,
te vas a divertir.

Suicidio

Quería su vida quitar;
ya no podía más.
No podía evitar
su triste realidad.

¿Cuál fue su error?
No podía comprender.
¿Qué podría ya hacer?
Se moría de dolor.

Un disparo se escuchó
en medio de la habitación.
¡Oscuro todo ya quedó!
No hubo más dolor
en su destrozado corazón.

Miedo

Tengo miedo a esta sensación
que confunde a este amor.
Tengo miedo a esta obsesión,
a esta nueva y extraña ilusión
que aprisiona a mi corazón.

Transición

Lamentable situación
es la drogadicción
que junto a la corrupción
destruyen a esa pobre nación.

Las siguientes estrofas son ejemplos de rima asonante femenina o sea rima asonante de dos sílabas.

Luna de miel

Mientras beso a be*so*
en nuestro ardiente le*cho*,
recorría todo tu pe*cho*
hasta llegar al ni*do*
del manjar prohibi*do*.

Una estrella
en mis pies

Y no es que hoy sea yo arrog*ante*
ni que me llene de gozo con tu en*ojo*
pero el destino es muy tramp*oso*
para quien irradia luz fars*ante*
pretendiendo ser fino diam*ante*.

No valió
de nada

No valió de na*da*
todo lo que te qu*ise*.
No valió de na*da*
todo lo que te h*ice*.

Regionalismos

Vocabulario chicano usado en la poesía titulada, "Liberada":

1. **Bironga:** *Cerveza.*
2. **Cuerno:** *Cometer adulterio.*
3. **Chamacos:** *Niños.*
4. **Chupe:** *Consumo de alcohol.*
5. **Latoso:** *Molestosa actitud.*
6. **Lupe:** *Guadalupe.*
7. **No la riegues:** *Arruinar, echar a perder.*
8. **Pa'l baile:** *Para el baile.*
9. **Pancho:** *Francisco.*
10. **Rancho:** *Pequeño poblados ubicados lejos de las ciudades.*
11. **Reboso:** *Tela que se arrollan en el cuerpo algunas mujeres para cargar sus hijos o para protegerse del frío.*
12. **Tamales:** *Alimento hecho a base de maíz.*
13. **Sancho:** *Amante de una mujer casada en una relación clandestina.*
14. **Trailer:** *Casa móvil.*

Vocabulario puertorriqueño usado en las poesías: "Isla del Encanto" y "Borinquen":

1. **Ají:** *Vegetal de sabor picante, chile.*
2. **Borinquen:** *Isla en el Caribe conocida como Puerto Rico.*
3. **Coquí:** *Diminuta rana de silbido muy peculiar oriunda de Puerto Rico.*
4. **Isla del Encanto:** *Isla en el Caribe conocida como Puerto Rico.*
5. **Pitirre:** *Valiente pajarito de Puerto Rico. Se dice que posee corazón de león.*
6. **Yunque:** *Montaña más alta de Puerto Rico.*

Vocabulario costarricense usado en la poesía "Transición":

1. **A todo dar:** *Magnífico.*
2. **Anafre:** *Aparato hecho a base de ladrillos para cocinar.*
3. **Aro:** *Rueda de aluminio.*
4. **Balín:** *Pequeña bola de acero usada en el jugo de canica.*
5. **Bambú:** *Variedad de caña.*
6. **Canicas:** *Pequeñas bolas de cristal.*
7. **Catre:** *Litera.*
8. **"Estados":** *Estados Unidos.*
9. **Estanco:** *Tienda de abarrotes.*
10. **Gancho:** *Alambre encorvado.*
11. **Garrocha:** *Palo largo.*
12. **Mecate:** *Cuerda.*
13. **Zacate:** *Pasto, césped, grama.*

Alicia Nuñez, Ph.D.
Analista literaria

Libros escritos por el autor

Poesía:

01. Simplemente tú y yo
02. Secretos
03. Añoranza
04. Ensueño (Antología poética)

Cuento:

01. Las increíbles aventuras del cochinito Oink Link
02. Las increíbles aventuras del sapito Kroak Kroak
03. Las increíbles aventuras del borreguito Eeé Eeé
04. Las increíbles aventuras de la vaquita Muú Muú
05. Las increíbles aventuras de la ranita Ribet Ribet
06. Las increíbles aventuras de la gatita Miau Miau
07. Las increíbles aventuras del perrito Guao Guao
08. Las increíbles aventuras del becerrito Meé Meé
09. Las increíbles aventuras de la gallinita Kló Kló
10. Las increíbles aventuras del patito Kuak Kuak
11. Las increíbles aventuras de la chivita Beé Beé
12. Las increíbles aventuras del gallito Kikirikí
13. Las increíbles aventuras del pollito Pío Pío
14. Las increíbles aventuras del Coquí
15. Las increíbles aventuras de Pancho

Drama:

01. Pitirre no quiere hablar inglés

Books written by the author

Short story *(Bilingual Spanish/English)*

The Incredible Adventures of Cock-a- dottle-doo, the Little Rooster
The Incredible Adventures of Pew Pew, the Little Chicken
The Incredible Adventures of Kluck Kluck, the Little Hen
The Incredible Adventures of Kuack Kuack, the Little Duck
The Incredible Adventures of Oink Oink, the Little Pig
The Incredible Adventures of Bow Wow, the Little Dog
The Incredible Adventures of Meow Meow, the Little Cat
The Incredible Adventures of Baa Baa, the Little Goat
The Incredible Adventures of Moo Moo, the Little Cow
The Incredible Adventures of Maa Maa, the Little Calf
The Incredible Adventures of Baaaa Baaaa, the Little Lamb
The Incredible Adventures of Kroak Kroak, the Little Toad
The Incredible Adventures of Ribbit Ribbit, the Little Frog
The Incredible Adventures of Coqui
The Incredible Adventures of Pancho

Poetry *(Spanish)*

Simplemente tú y yo
Secretos
Añoranza
Ensueño (Antología poética)

Drama *(English)*

Pitirre Does not Want to Speak English